Les chatons magiques

Au concours d'équitation

L'auteur

La plupart des livres de Sue Bentley évoquent le monde des animaux et celui des fées. Elle vit à Northampton, en Angleterre, et adore lire, aller au cinéma, et observer grenouilles et tritons qui peuplent la mare de son jardin. Si elle n'avait pas été écrivain, elle aurait aimé être parachutiste ou chirurgien, spécialiste du cerveau. Elle a rencontré et possédé de nombreux chats qui ont à leur manière mis de la magie dans sa vie.

Dans la même collection

Vous avez aimé

les chatons magiques

Écrivez-nous
pour nous faire partager votre enthousiasme:
Pocket Jeunesse, 12, avenue d'Italie, 75013 Paris

Sue Bentley

Les chatons magiques

Au concours d'équitation

Traduit de l'anglais par Christine Bouchareine

POCKET JEUNESSE

Titre original :
Magic Kitten – A Glittering Gallop

Publié pour la première fois en 2007
par Puffin Books, département de Penguin Books Ltd, Londres.

À Conrad, notre petit mordilleur noir et blanc

Loi n° 49-956 du 16 juillet 1949 sur les publications
destinées à la jeunesse : mars 2009.

ISBN 978-2-266-18513-4

Avis de recherche

As-tu vu ce chaton ?

Flamme est un chaton magique de sang royal, et son oncle
Ébène est très impatient de le retrouver.
Flamme est difficile à repérer, car son poil change
souvent de couleur, mais tu peux le reconnaître
à ses grands yeux vert émeraude et à ses moustaches
qui grésillent de magie !

Il est à la recherche d'un ami qui prendra soin de lui.

Et s'il te choisissait ?

Si tu trouves ce chaton très spécial, merci d'avertir
immédiatement Ébène, le nouveau roi.

Prologue

Le lionceau blanc dressa la tête et huma la brise chaude qui agitait les broussailles. Quel bonheur de rentrer au pays! Peut-être pourrait-il enfin y rester?

Soudain, un rugissement terrifiant déchira le silence. Un énorme lion noir surgit au-dessus de lui, au sommet des rochers.

— Ébène! gémit Flamme en reconnaissant son oncle.

Sa fourrure se mit à étinceler et lança un éclair

aveuglant. Le majestueux lionceau céda la place à une minuscule boule de poils écaille et blanc. Flamme recula lentement sous les taillis, espérant passer inaperçu avec son pelage neigeux tacheté de noir et de roux.

Ébène scrutait les herbes. Flamme se sentit transpercé par son regard cruel et s'aplatit sur le sol, tremblant de colère et de terreur. Il entendit un bruissement derrière lui. Un vieux lion gris se frayait un chemin à travers les ronces.

— Prince Flamme, quelle joie de vous revoir ! Mais vous avez mal choisi votre moment pour revenir.

Flamme sourit de soulagement à la vue de son ami.

— Je suis heureux de te revoir, moi aussi, mon bon Cirrus. J'espérais que mon oncle avait renoncé à me chercher.

— Il n'abandonnera jamais. Il est déterminé à vous retrouver et à vous tuer. Il tient à garder le trône qu'il vous a volé. Retournez vous cacher dans l'autre monde. Ce déguisement vous protégera.

Les yeux de Flamme étincelèrent.

— Je suis fatigué de fuir ! Je veux affronter mon oncle !

Un sourire de fierté découvrit les crocs usés du vieux félin.

— C'est tout à votre honneur mais vous devez d'abord grandir en force et en sagesse. Il faut partir…

Un nouveau rugissement l'interrompit. Ébène avait sauté des rochers et fonçait vers les buissons qui les dissimulaient. Le sol vibrait sous ses énormes pattes.

— Il nous a vus ! Vite, Flamme, sauvez-vous !

Le minuscule chaton poussa un gémissement. Sa fourrure tricolore jeta des étincelles. Il y eut un nouvel éclair. Flamme se sentit tomber… tomber… tomber…

1

Zoé Meunier leva un regard maussade vers sa grand-mère.

— Il faut vraiment que j'y aille ?

Jeannine Meunier sourit, et ses cheveux roux flamboyèrent au soleil.

— Ne fais pas cette tête-là, ma chérie ! Je ne t'ai pas demandé de décrocher la lune, juste de me ramasser des œufs.

Zoé prit le panier en soupirant.

— Bon, d'accord. Autant m'occuper, maintenant que maman m'a abandonnée !

Jeannine éclata de rire.

— Tu sais très bien qu'elle écrira son livre beaucoup plus vite si rien ne la perturbe. Ensuite, elle pourra venir passer quelques jours ici avec toi.

— Quoi ! Une perturbation ? C'est tout ce que je suis ? Merci du compliment !

Sa grand-mère ébouriffa ses cheveux blonds.

— Arrête ton cinéma, Zoé !

— C'est quand même pas ma faute si maman a du mal à se concentrer ! ronchonna Zoé. Je lui ai pourtant promis d'être aussi discrète qu'une petite souris mais elle n'a rien voulu entendre !

Sa mère écrivait des livres pour enfants qui racontaient la vie d'une famille sur une péniche. Ils avaient beaucoup de succès. Le seul ennui, c'était que sa mère ne supportait pas le moindre bruit quand elle travaillait.

— Ce ne sera pas long, la rassura sa grand-mère. Et ça me fait tellement plaisir de t'avoir. D'ailleurs je croyais que, toi aussi, tu aimais venir chez moi.

— C'est vrai, admit Zoé, avec un petit pincement de culpabilité.

Elle avait de la chance d'avoir une grand-mère aussi géniale. Jeannine était drôle, généreuse, pas sévère et toujours de bonne humeur. Mais les projets de Zoé pour ces vacances avaient été contrariés : elle aurait dû travailler au club d'équitation, à côté de chez elle. En échange, Laurence, la propriétaire, l'aurait laissée monter les poneys. Elle pouvait dire adieu à ses rêves de grands galops.

— Allez, file ! dit sa grand-mère. Moi, je retourne surveiller la cuisson de mes brioches. Oh, à propos, tu verras, j'ai acheté un lot de poules naines. Et méfie-toi de Fiérot, le coq, il est parfois de mauvaise humeur.

— Je le comprends ! marmonna Zoé en levant les yeux au ciel.

Cependant, elle se surprit à balancer joyeusement son panier tandis qu'elle traversait l'immense jardin de sa grand-mère. Comment bouder par une si belle journée? Les abeilles bourdonnaient d'un massif de fleurs à l'autre, et l'air embaumait l'herbe fraîchement coupée. Le temps d'arriver au poulailler, Zoé avait retrouvé sa joie de vivre.

Elle observa avec curiosité les nouvelles poules, moitié plus petites que les autres. Il y en avait de deux sortes: les unes, aux pattes délicates, se paraient d'un plumage brillant et coloré alors que les secondes, plus rondes et plus duveteuses, semblaient porter des pantalons bouffants.

Un superbe coq noir se rua vers le grillage qui entourait le poulailler, la crête rouge fièrement dressée, l'œil farouche.

— Bonjour, Fiérot! le salua Zoé.

Il claqua du bec et se dressa sur ses ergots pointus.

Zoé recula aussitôt.

— D'accord, message reçu !

Elle contourna la cabane en bois et ouvrit la trappe qui donnait derrière les perchoirs.

— Incroyable ! Je n'avais jamais vu d'œufs avec des couleurs pareilles !

Les coquilles avaient des tons pastel de vert, de bleu et de gris. Il y en avait même des roses avec de petits points marron !

Après avoir rempli son panier, Zoé décida de rentrer en faisant un détour par le verger.

Alors qu'elle approchait de la serre, elle remarqua que la porte était ouverte. À l'intérieur poussait une véritable jungle de plants de tomates, de poivrons et d'autres légumes qu'elle ne put identifier.

Tout à coup, un éclair blanc jaillit derrière la végétation.

— Qu'est-ce que ça peut bien être ?

Elle ne constata rien d'anormal tandis qu'elle se faufilait entre les rangées de légumes et de fleurs. Elle s'apprêtait à repartir lorsqu'une étrange lueur, dans le fond, attira son attention.

Elle s'avança sur la pointe des pieds : elle aperçut alors un minuscule chaton, couché sur un gros pot de fleurs retourné. Sa fourrure semblait étinceler au soleil. Zoé cligna des paupières. Comment ce petit animal avait-il pu arriver là ?

Il était adorable avec sa fourrure écaille et blanc et ses grands yeux vert émeraude à l'éclat extraordinaire.

— Qu'est-ce que tu fais dans la serre de mamie ? demanda-t-elle.

Le chaton dressa les oreilles et la regarda droit dans les yeux.

— Je me cache de mon oncle qui veut me tuer, miaula-t-il.

— Oh !

De surprise, Zoé lâcha son panier et plaqua les mains sur ses joues.

2

Sidérée, Zoé regarda fixement le chaton.

— Tu… tu parles? bégaya-t-elle.

Il hocha la tête et releva fièrement le menton.

— En effet. Je suis le prince Flamme, héritier du Trône du Lion. Et toi, qui es-tu?

— Je… je m'appelle Zoé. Je suis en vacances chez ma grand-mère.

Elle n'en croyait ni ses yeux ni ses oreilles. Sa curiosité l'emportant peu à peu sur sa stupéfaction, elle s'accroupit pour paraître moins grande et ne pas effrayer l'animal.

— Tu as bien dit que tu étais un prince ? Et que quelqu'un voulait te tuer ?

— Oui, mon oncle Ébène. Cet imposteur m'a volé mon trône. Un jour, je le chasserai pour reprendre ma place, gronda-t-il, ses yeux verts brillant de colère.

— Tu n'es pas trop petit pour régner ? s'étonna-t-elle d'une voix douce.

Flamme ne répondit pas mais sa fourrure se mit à lancer des étincelles. Le chaton sauta sur le sol et un éclair aveugla Zoé.

Elle se frotta les yeux. Quand elle les rouvrit, un magnifique lionceau blanc se tenait devant elle. Elle frissonna et recula à la vue de ses énormes pattes et de ses crocs pointus.

— N'aie pas peur, je ne te ferai pas de mal, déclara-t-il d'une voix de velours.

Dans un nouvel éclair éblouissant, Flamme reprit son apparence de chaton.

— Ça alors ! Tu es réellement un lion de sang royal ! s'exclama Zoé, à la fois soulagée et impressionnée.

— Oui, je me suis déguisé pour échapper aux espions de mon oncle, expliqua-t-il en tremblant comme une feuille. Peux-tu m'aider ?

Zoé hésita un bref instant en imaginant à quoi devait ressembler cet oncle démoniaque. Mais le chaton semblait si vulnérable qu'elle ne put résister au désir de le prendre dans ses bras.

— Bien sûr que tu peux compter sur moi! Et ne t'inquiète plus pour ton méchant oncle. Contre ma grand-mère, il ne fera pas le poids! Attends un peu que je lui raconte ton histoire!

Flamme posa une patte suppliante sur sa joue.

— Tu ne dois révéler à personne que je suis un prince! Cela doit rester secret!

Zoé fronça les sourcils : sa grand-mère savait tenir sa langue.

— Promets-le-moi ! insista Flamme, en l'implorant de ses grands yeux.

— D'accord, je ne lui dirai rien, promit Zoé, prête à tout pour garder le chaton.

Flamme frotta le dessus de sa tête contre son menton.

— Merci, Zoé.

— N'en parlons plus. Rentrons, à présent. Tu dois mourir de faim.

Flamme répondit par un ronronnement.

Zoé ramassa son panier. Bizarrement, aucun œuf n'était brisé. Elle prit Flamme sous son autre bras et repartit vers la maison.

Elle n'en revenait toujours pas d'avoir trouvé ce chaton magique. Maintenant qu'elle devait s'occuper de lui, ses vacances chez sa grand-mère se présentaient sous un jour beaucoup plus agréable.

— Qu'il est mignon! Et j'adore le nom que tu lui as donné! s'exclama sa grand-mère dès que Zoé lui présenta Flamme. Où l'as-tu trouvé?

— Dans la serre. La porte était ouverte.

— C'est curieux! Je me demande comment il a pu s'introduire dans le jardin. Il est bien trop petit pour escalader le mur.

— Peut-être qu'il est passé sous la barrière, suggéra Zoé. Oh, mamie, je peux le garder? Dis oui! Il dormira dans ma chambre avec moi. Et je te promets de m'occuper des poules et de ramasser leurs œufs tous les jours. Tiens, je serai même gentille avec ton vieux coq grincheux!

Sa grand-mère éclata de rire et lui tapota affectueusement l'épaule.

— Je suis contente de voir que tu as retrouvé ta bonne humeur. Quelle tête d'enterrement tu faisais depuis ton arrivée! Bien sûr que Flamme peut rester. Mais je vais tout de suite prévenir la

SPA. Tu devras le rendre si jamais son propriétaire le réclame.

— Pas de problème! acquiesça gaiement Zoé, certaine que personne ne se présenterait. Merci, mamie!

Pendant que sa grand-mère téléphonait, Zoé sortit une boîte de sardines du placard et la vida dans une assiette.

— Tiens, Flamme, mange.

Le chaton ne se le fit pas répéter. Il engloutit son repas en ronronnant. Et il se nettoyait les moustaches lorsque Mme Meunier revint dans la cuisine.

— Eh bien, à propos de l'aide que tu m'as si gentiment proposée… commença-t-elle, une lueur espiègle dans les yeux.

— Oui ? répondit Zoé d'une voix enjouée, décidée à honorer ses promesses.

— J'avais l'intention de cueillir des framboises…

— On s'en charge !

Zoé se leva d'un bond et prit un saladier en plastique sur une étagère.

— Tu viens, Flamme ?

Le chaton trottinant derrière elle, Zoé se dirigea vers le fond du verger. Les framboisiers se trouvaient dans un renfoncement, derrière une ancienne serre.

— J'adore cet endroit. On dirait un jardin

secret, confia-t-elle à Flamme en contemplant le soleil qui allongeait les ombres des pommiers.

— Oui, il y fait chaud et paisible. Je me sens en sécurité ici, miaula-t-il avant de s'étirer de tout son long dans l'herbe tendre.

Soudain, Zoé entrevit un éclat orangé et une forme mince sous les arbres.

— Un renard !

Elle se figea mais l'animal l'avait déjà repérée. Il courut vers la serre et se fondit dans les buissons.

Flamme miaula et se releva d'un bond.

— Toi aussi, tu l'as vu ? Il était magnifique, hein ? s'extasia Zoé.

Flamme ne répondit pas. Il observait un gros arbre noueux, près du mur du jardin.

— Il y a des gens là-bas !

Zoé fronça les sourcils.

— Où ça ?

Elle aperçut alors un garçon et une fille sortir de derrière l'arbre et foncer vers le mur. Ils portaient un jean, un tee-shirt et des baskets et semblaient avoir une dizaine d'années, comme elle.

— Hé! hurla-t-elle en se précipitant vers eux.

Ces enfants étaient sans doute venus chaparder les pommes de sa grand-mère.

Vifs comme des singes, ils escaladaient déjà les pierres. La fille atteignit le sommet la première et disparut de l'autre côté. Le garçon, lui, s'accroupit un instant et jeta un regard derrière lui.

Zoé distingua un visage mince, inquiet, des lunettes et d'épais cheveux bruns.

Soudain, le garçon vacilla. Il poussa un hurlement et bascula en arrière.

— Oh, non, il va tomber! haleta Zoé, horrifiée.

Le temps parut s'arrêter tandis que Flamme surgissait aux pieds de Zoé, la fourrure zébrée d'étincelles, les moustaches crépitantes.

Un picotement parcourut le dos de Zoé. Elle frissonna, pressentant qu'il allait se passer quelque chose de magique.

3

Flamme leva une petite patte blanche tache-tée de roux. Une nuée d'étincelles s'en échappa et alla frapper un paquet de bonbons vide au pied du mur…

… qui se transforma aussitôt en une énorme pile de marshmallows géants.

Il était temps !

Le garçon atterrit sur ce matelas de guimauve. Alors qu'il s'enfonçait dans les cubes moelleux,

ses lunettes sautèrent de son nez et rebondirent
sur l'herbe.

Zoé se précipita vers lui.

— Tu ne t'es pas fait mal?

— J'ai cru que j'allais me casser la jambe!

murmura-t-il en s'asseyant, encore sous le choc.

— Tu ne l'aurais pas volé ! explosa Zoé, maintenant qu'elle était rassurée.

Le garçon la dévisagea en plissant ses yeux myopes.

— Qui es-tu ? Et sur quoi ai-je atterri ?

À chacun de ses mouvements, il s'enfonçait davantage. Il avait des carrés de guimauve collés dans les cheveux et sur le visage. Zoé se retint de rire.

— Euh... sur un tapis de feuilles mortes, improvisa-t-elle en faisant derrière son dos des signes désespérés à Flamme.

Le chaton agita de nouveau la patte. Au grand soulagement de Zoé, la pile de guimauve se transforma par magie en un tas de feuilles. Le garçon n'avait plus aucune trace de marshmallows dans les cheveux ni sur le visage. Et plus aucune étincelle ne brillait dans la fourrure de Flamme.

Le garçon se mit à genoux et tâtonna autour de lui.

— Où sont passées mes lunettes? Je ne vois rien sans elles.

— Bien joué, Flamme! chuchota Zoé au chaton tout en aidant le garçon à chercher.

Flamme se frotta contre ses chevilles en ronronnant.

Zoé aperçut les lunettes dans l'herbe, un peu plus loin. Elle les ramassa et les tendit à leur propriétaire.

— Les voilà.

— Merci.

Le garçon les mit et repoussa une grosse mèche brune qui lui tombait dans les yeux.

— Salut! Je m'appelle Thomas Forestier, se présenta-t-il avec un grand sourire. J'habite la maison d'à côté. Tu n'es pas d'ici? C'est la première fois que je te vois.

— Moi, c'est Zoé. Je suis en vacances chez ma grand-mère. Et c'est ses pommes que tu voulais voler. Je devrais te dénoncer!

— On n'a rien volé! protesta une voix de fille.

Zoé leva la tête et aperçut la fillette perchée sur le mur. Elle avait, elle aussi, des cheveux bruns et raides, très longs et attachés en queue de cheval. Elle ressemblait comme deux gouttes d'eau à Thomas et portait des lunettes comme lui.

— Je te présente Mathilde, ma sœur, dit-il.

— Vous êtes jumeaux! s'exclama Zoé.

— Quel sens de l'observation! plaisanta Mathilde.

Zoé laissa échapper un sourire malgré elle.

— Mais qu'est-ce que vous faisiez là?

Les jumeaux échangèrent un regard embarrassé.

— Pas un mot, Thomas, commença Mathilde. Je ne crois pas que…

— Non, Zoé m'a aidé, l'interrompit son frère. On peut lui faire confiance.

— Nous sommes venus nourrir Fougère. On pense qu'elle vient d'avoir des petits.

— Fougère ? répéta Zoé.

— La renarde qui vit près d'ici, expliqua Mathilde.

— Oh, je l'ai vue tout à l'heure !

Thomas hocha la tête.

— Elle s'est habituée à nous. En revanche, elle se méfie toujours des étrangers. C'est pour ça qu'elle s'est enfuie à ton arrivée.

— Elle n'a pas encore amené ses renardeaux mais elle devrait le faire dès qu'elle sentira que l'endroit est sûr. Nous mourons d'impatience de les connaître.

Zoé se sentit gagnée par leur enthousiasme. Elle aussi avait hâte de voir la renarde et ses petits.

— Qu'il est mignon! Il est à toi, ce chaton? s'exclama Thomas en se penchant pour caresser les minuscules oreilles de Flamme, qui ronronna de plaisir.

— Oui. Il s'appelle Flamme. Je… je ne l'ai pas depuis longtemps. Je peux savoir pourquoi vous passez par-dessus notre mur? poursuivit Zoé en se tournant vers Mathilde. C'est très dangereux. Et je suis certaine que ma grand-mère vous laisserait entrer par la barrière si vous lui en demandiez la permission.

— Tu parles! Les gens qui élèvent des poules détestent les renards! Je parie qu'elle essaiera d'empoisonner Fougère!

— Jamais de la vie! protesta Zoé, horrifiée. Mamie adore les animaux sauvages. Elle n'ose même pas mettre de produit chimique contre les limaces de peur d'intoxiquer les hérissons.

— C'est vrai? Peut-être qu'on pourrait lui demander, alors? murmura Thomas.

Mathilde le foudroya du regard.

— Pas question ! Tu as juré de ne parler à personne de Fougère. Ce serait trop risqué.

— Arrête, Mathilde ! J'ai failli me casser la jambe en tombant du mur. Ce serait quand même plus facile de passer par la porte. Zoé pourrait au moins tâter le terrain auprès de sa grand-mère ? Dis, tu veux bien ?

Zoé réfléchit. Ce serait sympa d'avoir des amis de son âge.

— Si nous allions tout de suite lui poser la question ?

— Quelle question ? s'exclama une voix derrière elle.

Jeannine Meunier sortant du verger s'avançait vers eux.

— Je venais voir pourquoi tu mettais si longtemps à cueillir les framboises. Mais, ajouta-t-elle en regardant Thomas qui caressait toujours Flamme, si tu me présentais ton jeune ami ?

J'aimerais aussi qu'on m'explique ce que cette demoiselle fait perchée sur mon mur? poursuivit-elle en levant les yeux vers Mathilde.

4

— ... et voilà pourquoi, depuis quelques jours, Thomas et Mathilde escaladaient le mur pour venir dans notre verger, finit d'expliquer Zoé.

Sa grand-mère hocha la tête et sourit.

— En tout cas, je suis ravie de faire enfin la connaissance de mes nouveaux voisins, même si c'est d'une manière peu ordinaire ! Je me demandais justement qui s'était installé dans la vieille ferme derrière chez moi.

Thomas se détendit. Mathilde, elle, semblait encore soucieuse.

— Je... je vous en prie. Vous... vous n'allez pas avertir nos parents? Papa serait furieux s'il apprenait ça.

— C'est inutile, puisque vous ne passerez plus par-dessus mon mur. Eh bien, que diriez-vous de poursuivre cette passionnante conversation autour d'un bon goûter?

Les trois enfants la suivirent gaiement jusque chez elle. Dès qu'ils s'installèrent autour de la table de la cuisine, Flamme sauta sur les genoux de Zoé.

Sa grand-mère leur servit du jus de pomme et des brioches toutes chaudes, avec des framboises nappées de crème fraîche bien épaisse.

— Oh, merci, madame! s'écria Thomas devant ce festin.

— Nous avons aperçu Fougère deux ou trois fois près des jardins ouvriers, au bout de l'allée des Chênes, reprit Mathilde. Son terrier doit se trouver dans les parages.

— Oui, c'est l'endroit rêvé pour une renardière. Certains de ces terrains sont à l'abandon. Enfin, si jamais Fougère amène ses petits chez moi, prévenez-moi. J'aimerais tellement les voir.

— C'est promis! répondirent les jumeaux à l'unisson.

— L'ancienne serre pourrait faire un excellent poste d'observation! continua Mme Meunier, un éclair de malice dans les yeux.

— Génial! s'exclama Thomas.

Mathilde écarquilla les yeux de surprise.

— Ça ne vous ennuie pas d'avoir une renarde dans votre jardin? Et vos poules?

Mme Meunier repoussa une mèche de cheveux derrière son oreille.

— J'ai construit le poulailler moi-même:

l'enclos est à l'épreuve des renards. De plus, j'enferme toujours mes poules le soir, par mesure de précaution. À moins d'apporter une pince coupante, Fougère ne pourra pas leur faire de mal !

Tout le monde s'esclaffa. Thomas se leva.

— Merci beaucoup pour les brioches, madame Meunier. Nous devons rentrer maintenant. Nos poneys ont besoin d'exercice.

Zoé donnait à Flamme une lichette de crème sur le bout de son doigt. Elle sursauta.

— Vous avez des poneys ?

— Oui, trois, répondit Mathilde. Cannelle, Patch et Ginger. Ils sont magnifiques. Ça te dirait de venir les voir, demain ?

— J'adorerais. J'amènerai Flamme, aussi. Je peux, mamie ?

— Bien sûr, ma chérie. À moins que tu préfères venir faire les courses avec moi…

— Excuse-moi, mamie. Mais entre le shopping et les poneys, je n'hésite pas une seconde !

Le lendemain matin, Zoé fut réveillée par un bruit inhabituel contre son oreille. Elle mit un bref instant à reconnaître le ronronnement de Flamme, couché près d'elle sur son oreiller.

— Bonjour, toi, murmura-t-elle en le gratouillant sous le menton. Tu as bien dormi ?

— Très bien, merci, répondit-il, ronronnant de plus belle.

— Il est temps de se lever. Nous allons chez Thomas et Mathilde, tu te souviens?

Zoé repoussa sa couette et s'habilla en vitesse. Puis elle descendit à la cuisine où elle donna d'abord à manger au chaton, avant de prendre son petit déjeuner avec sa grand-mère. Elle était de si bonne humeur qu'elle rangea d'elle-même les bols et les couverts dans le lave-vaisselle.

Sa grand-mère parut agréablement surprise.

— Merci, ma chérie. Tu es prête? Je t'accompagne chez Thomas et Mathilde. C'est sur mon chemin. Et j'en profiterai pour leur apporter des framboises.

Elles partirent aussitôt et s'engagèrent dans l'allée des Chênes. Flamme trottinait à côté de Zoé, le museau en l'air, enivré par les senteurs de la campagne.

— Il paraît extrêmement sûr de lui pour un si petit chaton, remarqua la grand-mère de Zoé.

Zoé sourit, regrettant de ne pas pouvoir lui

révéler que Flamme était en réalité un jeune lion blanc !

Elles arrivèrent quelques minutes plus tard devant une longue clôture qui suivait la courbe de la rue. Au détour du virage, Zoé aperçut la vieille ferme et la grande allée qui y conduisait.

— Les Forestier ont retapé cette bâtisse avec beaucoup de goût, déclara sa grand-mère en admirant les beaux murs en pierre dorée et le toit flambant neuf.

Une jeune femme brune et mince, vêtue d'un jean et d'un chemisier rose, apparut sur le seuil.

— Bonjour, vous devez être madame Meunier et Zoé. Mathilde et Thomas m'ont dit que vous les aviez invités à goûter, hier. C'était très gentil de votre part. Entrez, je vous en prie.

— Bonjour, madame, la salua poliment Zoé.

Pendant qu'elles pénétraient dans la cuisine, Thomas apparut à la porte du jardin, son jean rentré dans ses bottes en caoutchouc.

— Viens vite, Zoé! Mathilde nous attend à l'écurie.

Elle s'empressa de le rejoindre, Flamme sur ses talons.

— Amusez-vous bien! lança sa grand-mère.

— Je vous remercie infiniment pour les framboises, déclara Mme Forestier. Elles sont magnifiques. Puis-je vous offrir une tasse de thé?

Thomas fit un clin d'œil à Zoé.

— Je sens qu'elles vont bien s'entendre.

Mathilde sortit au même moment de l'écurie avec une brouette remplie de paille et de crottin.

— Salut! lança-t-elle à Zoé. Le temps de jeter ça et j'arrive!

— Je peux t'aider?

— C'est pas de refus! Tu peux remettre de la paille fraîche si tu veux. Mon frère va te montrer où elle se trouve.

Zoé souleva Flamme et suivit Thomas, impatiente de faire la connaissance des poneys. L'écurie comprenait six box dont trois étaient occupés.

— Voici Patch, dit Thomas en caressant le museau d'un superbe poney à la robe claire avec une étoile blanche sur le front. Dans le box à côté, c'est Ginger, poursuivit-il en montrant un autre poney qui, lui, semblait porter des chaussettes blanches. Et voilà notre bonne vieille Cannelle, conclut-il en se tournant vers

une ponette, à la robe brun clair, à la crinière et à la queue blond platine.

— Salut, ma belle, murmura Zoé, en lui tapotant l'épaule.

Cannelle tendit ses oreilles en avant et poussa un petit hennissement de bienvenue.

Du coin de l'œil, Zoé vit Flamme sauter sur un brin de paille et commencer à jouer.

— Ne te mets pas dans les jambes des poneys, lui recommanda-t-elle. Tu risquerais de recevoir un coup de sabot.

Flamme s'assit aussitôt et observa Zoé, les oreilles dressées. Cannelle baissa la tête vers lui et hennit amicalement.

— On jurerait que ton chat comprend tout ce que tu dis, s'étonna Mathilde en revenant dans le box. Et regarde notre vieille Cannelle… La voilà sous le charme.

Zoé sourit. Elle aida Thomas et Mathilde à

étaler la paille fraîche, à changer l'eau des auges et à remplir les filets à foin.

Flamme en profita pour dénicher un coin ensoleillé propice à une petite sieste et se roula en boule sur le fourrage propre.

— Si nous sellions les poneys pour aller faire une promenade ? proposa Mathilde. Zoé, tu veux bien prendre Cannelle ?

— Quelle question ! s'écria Zoé qui, justement, espérait que les jumeaux lui proposeraient de monter la ponette. Mon seul problème, c'est que mes affaires d'équitation sont restées chez moi.

— Tu chausses du combien ?

Par chance, Mathilde faisait la même pointure. Elle lui prêta une paire de bottes, une bombe et des gants.

Mathilde courut à la maison prévenir sa mère. Puis ils se mirent en selle et partirent, Thomas sur Patch, Mathilde sur Ginger et Zoé sur Cannelle. Elle caressa son cou doux et chaud, folle de joie de monter à nouveau. Rien ne pouvait lui faire plus plaisir. Soudain, son cœur s'arrêta. Dans son excitation, elle avait oublié Flamme à l'écurie !

5

Elle devait retourner tout de suite le chercher.
Dire qu'elle était censée veiller sur lui !

Au moment où elle s'apprêtait à faire demi-
tour, elle repéra une petite boule de poil blanche
tachetée de noir et de roux sur le chemin.

— Flamme !

Le minuscule chaton filait ventre à terre,
effleurant à peine le sol du bout de ses pattes, sa
petite queue dressée en l'air.

Zoé arrêta Cannelle tandis que Thomas et

Mathilde poursuivaient leur route, sans s'apercevoir qu'ils la semaient.

La fourrure de Flamme étincela tandis qu'il sautait dans les bras de Zoé.

— Je suis désolé, Zoé, haleta-t-il. Je viens à peine de me réveiller et de me rendre compte que tu étais partie. Tu aimes beaucoup les chevaux, apparemment !

Zoé caressa ses petites oreilles duveteuses, rongée de remords.

— Oui. Mais ce n'était pas une raison pour t'abandonner. Excuse-moi.

— Tout va bien, je suis là, ronronna-t-il en se lovant contre elle tandis que, d'une pression des jambes, elle faisait repartir sa ponette.

Thomas l'attendait un peu plus loin.

— Un problème ? demanda-t-il.

— C'est réglé, soupira Zoé.

Flamme regardait autour de lui d'un œil intéressé. Il ne semblait pas lui en vouloir, mais Zoé n'était pas près de se pardonner son étourderie.

— Nous arrivons sur une piste plus large, annonça Thomas en poussant sa monture. Elle mène à la forêt des Pignons.

Les trois enfants mirent leurs poneys au trot. Zoé remonta à la hauteur de Thomas pendant que Mathilde, en tête, fonçait vers une grande pinède.

Zoé sentait les chauds rayons du soleil sur ses bras nus. Seul le martèlement des sabots troublait le silence. Dominée par d'immenses sapins, la piste s'enfonçait à travers les fougères.

Soudain, Zoé vit surgir en face d'eux un cavalier monté sur un superbe cheval à la robe brun foncé. Il aperçut Mathilde sur Ginger. Pourtant, au lieu de ralentir l'allure, comme Zoé s'y attendait, il lança sa monture au galop.

— Qu'est-ce qu'il fabrique ? s'écria-t-elle, sidérée.

— Hé ! cria Mathilde tandis que le garçon passait si près d'elle que Ginger, les oreilles rabattues en arrière, fit un écart.

Et le cavalier fonçait maintenant sur Thomas et sur Zoé !

— Hé, les mômes ! Dégagez le passage ! hurla-t-il.

Thomas parvint à pousser Patch sur le bas-côté. Zoé voulut en faire autant mais Cannelle, tétanisée par la peur, refusa d'obéir.

Le garçon tira sur ses rênes et évita la collision de justesse.

— Tu pouvais pas te bouger, espèce d'idiote !

Devant son regard méchant et son visage buté, Zoé sentit la moutarde lui monter au nez.

— C'était à toi de ralentir. Tu avais tout le temps !

— Quel culot...

Fou de rage, le garçon se pencha vers Cannelle et agita les bras.

— Allez, dégage! Hue!

La ponette roula des yeux de frayeur et s'élança dans les hautes fougères qui bordaient le chemin.

Flamme lâcha un miaulement d'effroi et planta ses griffes dans la selle pour ne pas tomber.

Zoé eut beau tirer sur les rênes, rien ne semblait pouvoir arrêter Cannelle, terrifiée par les fougères qui lui fouettaient les jambes et le ventre. Soudain, une barrière de ronces surgit devant elle. Le cœur de Zoé se mit à battre la chamade. Cannelle ne ralentissait pas! Elle allait s'écraser sur l'obstacle!

La fourrure tricolore de Flamme se couvrit d'étincelles et ses moustaches crépitèrent. Un picotement parcourut le dos de Zoé.

ageuk

VAT NO 710 3843 66

CHILDRENS		0.49
CHILDRENS		0.49
SUB-TOTAL		0.98
ITEM QT	2	
TOTAL		0.98
CASH TEND		5.00
CHANGE		4.02

BLANDFORD FORUM 1 (Shop
38 East Street
Blandford Forum
DT11 7DR
www.ageuk.org.uk
12:31 PM (SAT) Diana
24# 0012   22-09-2018

Flamme leva sa petite patte, et une nuée de paillettes scintillantes enveloppa la monture et sa cavalière.

Plus que trois foulées, deux, une...

Zoé retint son souffle tandis que Cannelle s'élevait sur un pont de paillettes argentées et franchissait la haie d'un bond, avant d'atterrir saine et sauve de l'autre côté. La ponette s'immobilisa, toute tremblante.

— Merci, Flamme! Tu as été génial! murmura Zoé en le serrant dans ses bras avant de caresser le cou de Cannelle pour la calmer.

— Tout le plaisir était pour moi, ronronna-
t-il.

Il sauta par terre, telle une petite comète,
avec les étincelles qui brillaient encore dans sa
fourrure.

Zoé le contempla en souriant, plus déterminée
que jamais à veiller sur ce merveilleux chaton.

Elle fut tirée brutalement de sa rêverie par les
appels de Mathilde qui galopait vers elle, suivie
de Thomas.

— Zoé ? Tout va bien ?

Zoé vérifia d'un coup d'œil que plus une
seule étincelle ne brillait dans la fourrure de
Flamme.

— Quelle peur nous avons eue en voyant
Cannelle s'emballer et partir comme une folle !
déclara Thomas.

— Je vais bien et Cannelle aussi, les rassura
Zoé. Elle… elle a sauté par-dessus la haie.

Thomas et Mathilde se dévisagèrent, effarés.

— Quoi? Ce n'est pas possible! Notre vieille Cannelle n'a pas pu franchir une hauteur pareille!

Zoé hocha la tête.

«Flamme l'a beaucoup aidée», songea-t-elle avec reconnaissance.

— Si je tenais cet abruti! C'est une chance qu'elle ne se soit pas blessée.

— Ce Justin Fosset est une vraie catastrophe! marmonna Mathilde.

— Il habite par ici ?

Thomas hocha la tête en soupirant.

— Son père possède les meilleurs chiens de chasse de la région. C'est un homme très gentil, contrairement à sa brute de fils qui terrorise tout le monde.

Zoé revit l'expression méchante du garçon.

— On continue ? On ne va tout de même pas laisser cette terreur nous gâcher notre balade !

— Évidemment ! répondirent les jumeaux à l'unisson.

Zoé souleva Flamme et le remit délicatement sur le dos de Cannelle avant de remonter en selle. Le chaton ronronna tandis qu'ils reprenaient la piste cavalière.

6

Thomas, Mathilde et Zoé dessellèrent les poneys et les conduisirent au pré. Puis Zoé retourna déjeuner chez sa grand-mère avec Flamme.

— Alors, tu t'es bien amusée avec tes nouveaux amis? lui demanda celle-ci.

— Oui, nous sommes allés dans la forêt des Pignons. Et je crois que Flamme a bien apprécié cette promenade, lui aussi.

Elle se garda bien de parler de leur rencontre

avec Justin Fosset et du saut de Cannelle par-dessus la haie, de peur de se voir interdire de remonter sur un poney.

— Puis-je ouvrir une boîte de thon pour Flamme, mamie?

Il l'avait bien méritée!

Après le repas, Zoé accomplit quelques tâches pour sa grand-mère avant de sortir jouer dans le jardin avec Flamme. Elle le fit courir un long moment après une brindille qu'elle traînait derrière elle, puis ils s'allongèrent dans l'herbe et elle lut un magazine.

Le jour commençait à baisser lorsque les jumeaux la rejoignirent avec de la nourriture pour Fougère. Elle les aida à la placer en vue de la vieille serre. Puis ils s'installèrent confortablement et entamèrent leur veille.

La nuit tombait. Zoé se pencha vers Flamme qui s'était blotti contre elle sur les planches encore chaudes.

— Alors ça te plaît? chuchota-t-elle.

— Oh! oui, beaucoup.

Les enfants surveillaient le verger par la porte entrouverte.

— Je me demande si Fougère amènera ses petits, ce soir, murmura le garçon.

— J'espère, soupira Zoé.

Mais au bout d'une demi-heure il n'y avait toujours aucun signe de la renarde. Thomas s'assit et repoussa les cheveux qui lui tombaient dans les yeux

— Nous avons eu une idée, tout à l'heure, avec Mathilde, déclara-t-il. On voudrait te poser une question.

— Laquelle ? s'enquit Zoé, intriguée.

— Voilà, nous devons participer à une course d'obstacles, à la fête du village, le week-end prochain. Ça te plairait de t'inscrire avec nous ?

— Tu pourrais monter Cannelle, enchaîna Mathilde. La façon dont tu as fait sauter cette vieille paresseuse était impressionnante. Je ne sais pas comment tu as réussi cet exploit.

Zoé aurait bien aimé leur raconter l'intervention miraculeuse de Flamme mais une promesse était une promesse.

— Je ne suis pas sûre de pouvoir recommencer, répondit-elle en retenant un sourire. Mais j'accepte avec plaisir.

— Génial! s'écrièrent les jumeaux en chœur.

Zoé éclata de rire.

— Si tu viens chez nous, demain, nous monterons un parcours dans le pré. Comme ça, nous pourrons nous entraîner tous les jours.

— Super! Tu as entendu ça, Flamme?

Le chaton poussa un miaulement enthousiaste.

— Il t'a répondu! gloussa Mathilde.

— Chut! J'ai aperçu quelque chose! murmura Thomas.

Zoé plissa les yeux. Une forme rousse émergeait d'un buisson et s'avançait vers eux dans l'ombre des arbres.

— C'est Fougère!

Zoé en resta bouche bée. Elle n'avait jamais vu un renard de si près. Fougère lui parut plus petite que dans son souvenir, avec un museau délicat et des pattes fines. Elle se déplaçait plus à la manière d'un chat que d'un chien.

La renarde se précipita sur la nourriture dis-
posée dans l'herbe et mangea voracement.

— Toujours aucun signe de ses petits, constata
Mathilde, déçue.

— Nous n'aurons qu'à revenir jusqu'à ce
qu'elle les amène, conclut Thomas.

Le temps que Fougère finisse son repas, la lune
s'était levée, baignant l'herbe de lueurs argentées qui rendaient l'ombre sous les arbres encore

plus épaisse. La renarde s'éclipsa aussi silencieusement qu'elle était venue.

Les enfants se levèrent et s'étirèrent. Zoé et Flamme raccompagnèrent leurs amis à la barrière.

— À demain, lancèrent les jumeaux avant de disparaître dans l'allée.

— J'ai hâte d'y être, répondit Zoé, impatiente d'installer le parcours et de monter Cannelle. Allez, viens, Flamme. Allons vite raconter à mamie ce que nous avons vu.

Lorsque Zoé et Flamme arrivèrent à la vieille ferme, de bonne heure le lendemain matin, Thomas et Mathilde étaient déjà occupés à mettre en place les obstacles dans le pré. Elle courut les aider.

Pas une seconde elle n'avait imaginé passer des vacances aussi fabuleuses chez sa grand-mère. Elle n'en revenait pas. Non seulement elle faisait tous les jours de l'équitation, mais, en prime, elle avait rencontré un chaton magique!

Quand les enfants eurent pansé et sellé les poneys, Flamme se percha sur un poteau pour suivre l'entraînement.

Thomas et Mathilde avaient une bonne expérience en saut. Patch et Ginger semblaient apprécier l'exercice autant qu'eux. En revanche, Zoé se sentait beaucoup moins sûre d'elle. Elle n'avait pas beaucoup de pratique et ne pouvait pas compter sur Flamme ni sur ses pouvoirs magiques en présence des jumeaux.

Elle conduisit Cannelle vers le premier obstacle. Et si la ponette ne s'était pas encore remise de sa frayeur de la veille? Comme si elle lisait dans ses pensées, Cannelle ralentit à la vue du croisillon.

Zoé fit claquer sa langue.

— Allez, ma belle! l'encouragea-t-elle d'une voix ferme.

Cannelle secoua la tête puis accéléra avant de s'envoler par-dessus les barres.

— Hourra ! crièrent les jumeaux. Bravo, Zoé !

La fillette leur décocha un sourire radieux. Mise en confiance, Cannelle franchit tous les autres obstacles sans problème. Quand elle passa devant le poteau sur lequel Flamme était perché, elle coucha les oreilles en arrière et lui adressa un petit hennissement amical.

Flamme se redressa et lui répondit par un miaulement sonore.

Thomas pouffa.

— Regardez-les ! Ils se disent bonjour !

Zoé rit sous cape. La ponette et le chaton étaient devenus amis. Cannelle avait sans doute compris qu'elle devait une fière chandelle à Flamme.

Zoé et Flamme passèrent la majeure partie des jours suivants chez les Forestier. La fillette commençait à prendre de l'assurance et Cannelle lui obéissait de mieux en mieux. Zoé attendait la course avec une impatience grandissante.

Thomas, Mathilde, Zoé et Flamme continuaient à guetter la renarde depuis leur cachette dans la vieille serre. Un soir, Fougère sortit des buissons, l'air encore plus méfiante que d'habitude. Au lieu de se jeter sur la nourriture, elle la renifla avant de scruter les alentours.

— Qu'est-ce qui lui arrive? chuchota Zoé.

— C'est vrai, chuchota Mathilde. Qu'est-ce qu'elle attend pour manger?

Fougère leva son museau délicat et huma l'air. Puis elle glapit.

Thomas fronça les sourcils et remonta ses lunettes sur son nez.

— C'est bizarre! On dirait qu'elle appelle quelqu'un. Si vous voulez mon avis…

— Chut! l'interrompirent Mathilde et Zoé, penchées en avant, les yeux brillants.

Deux petites silhouettes rousses à la grosse queue touffue émergèrent des fourrés. Les renardeaux faisaient environ la moitié de la taille de leur mère. Après une brève hésitation, ils traversèrent furtivement le verger pour la rejoindre. Ils se jetèrent aussitôt sur la nourriture sous son œil vigilant.

— Qu'ils sont mignons! s'émerveilla Zoé.

Les trois enfants et le chaton ne se lassaient pas de les observer. Une fois leur repas terminé, les renardeaux se mirent à jouer. Fougère ne les quittait pas du regard pendant qu'ils se poursuivaient et se culbutaient en poussant des grognements. Quand elle finit par les entraîner vers la clôture, ils sautillèrent derrière elle en lui mordillant la queue.

Thomas, Mathilde et Zoé quittèrent la serre, contents.

Zoé alla se coucher, non sans avoir raconté à sa grand-mère les événements de la soirée.

Une fois dans sa chambre, elle ouvrit sa fenêtre et se pencha pour contempler le jardin éclairé par la lune.

— Ah! Fougère! Ses petits sont en pleine forme! murmura-t-elle en bâillant. Je me demande si sa tanière se trouve vraiment dans les jardins ouvriers. J'aimerais bien aller y faire un tour. Qu'en penses-tu, Flamme?

Pas de réponse.

Elle se retourna. Le chaton dormait, blotti sur son lit. Ses moustaches frémissaient et ses petites pattes se crispaient. Rêvait-il de son monde et du Trône du Lion qu'il irait reconquérir un jour?

Le cœur soudain serré, elle espéra que ce jour n'arriverait jamais.

7

Zoé évita de justesse un coup de bec de Fiérot tandis qu'elle finissait de jeter les grains de maïs. Elle sortit du poulailler et referma la porte avec soin.

— Quel cauchemar, cette bestiole! dit-elle à Flamme. Tu as bien fait de ne pas t'aventurer dans l'enclos.

Le chaton jeta un dernier regard inquiet au coq: il faisait deux fois sa taille.

— Bon. J'ai terminé mes corvées, annonça

Zoé. Allons prévenir mamie que nous allons chez les jumeaux.

Une bourrasque de vent froid ébouriffa ses cheveux blonds lorsqu'elle referma la porte du cabanon où étaient rangés les sacs de céréales. Elle remonta la fermeture Éclair de son gilet.

— J'adore monter à cheval avec toi, déclara Flamme.

Zoé le serra dans ses bras.

— Tu aimes bien la vieille Cannelle, hein ? Elle aussi t'aime beaucoup.

Quand ils arrivèrent à la ferme, Thomas et Mathilde avaient déjà sellé les poneys.

— Si nous laissions tomber l'entraînement pour aller nous promener ? proposa Mathilde.

Zoé souleva Flamme pour le mettre dans son gilet.

— Bonne idée. On pourrait passer par les jardins ouvriers. On verra peut-être Fougère.

Ils descendirent prudemment l'allée des Chênes et, après avoir dépassé les dernières maisons, s'engagèrent sur une piste de terre.

Seule la tête de Flamme sortait du gilet de Zoé. Soudain celle-ci aperçut un éclat roux vif. Un renard filait sous une haie d'aubépines.

— Regardez! C'est elle!

Les jumeaux l'avaient vue, eux aussi

— Tu avais raison! s'écria Thomas. Son terrier ne doit pas être loin. On ferait mieux de ne pas s'approcher si nous ne voulons pas effrayer ses petits.

Ils reprirent le sentier vers les champs et la campagne environnante. Au bout d'une heure, ils rebroussèrent chemin.

Alors qu'ils parvenaient à proximité des jardins ouvriers, Zoé, qui chevauchait à côté de Mathilde, entendit des aboiements.

— C'est M. Fosset qui entraîne sa meute. Je parie que Justin est avec lui, expliqua Mathilde avec une grimace.

Zoé ne se réjouissait pas de le revoir, elle non plus. Elle ne lui avait toujours pas pardonné d'avoir effrayé Cannelle.

Les aboiements s'intensifiaient. Zoé frissonna. Les chiens venaient vers eux !

— Et Fougère et ses petits ? s'écria-t-elle, affolée.

— Oh, non ! Si jamais ses chiens les flairent,

M. Fosset n'arrivera jamais à les retenir! gémit
Thomas.

— Il faut lui dire de les emmener ailleurs!
s'exclama Zoé.

Elle lança Cannelle au trot vers la meute qui
coupait à travers champs.

— Ne venez pas par ici! cria-t-elle quand elle
fut à portée de voix d'un grand homme brun
vêtu d'une veste de tweed. Il y a une renarde
avec ses petits! Je vous en prie, monsieur Fosset,
vous pouvez rappeler vos chiens?

Les chiens tournaient autour de la ponette en remuant la queue amicalement. Ils étaient magnifiques! Un garçon s'approcha. Zoé reconnut aussitôt Justin.

M. Fosset avança à son tour et sourit à Zoé.

— Bonjour! Qu'est-ce que c'est que cette histoire de renard?

— Ne l'écoute pas, papa, marmonna Justin. Cette fille raconte n'importe quoi. J'ai déjà croisé cette enquiquineuse.

— En effet! Dans la forêt des Pignons, quand tu as foncé sur moi! explosa Zoé. Cannelle s'est emballée. Elle et moi l'avons échappé belle!

— Est-ce vrai, Justin? demanda M. Fosset d'un ton sévère.

— Bien sûr que non! Pour qui tu me prends?

Zoé faillit s'étrangler devant ce mensonge, mais ce n'était pas le moment de discuter.

— Je vous en prie, monsieur Fosset, vous pouvez rappeler vos chiens? répéta-t-elle. Il y a une renarde avec des petits, dans les jardins ouvriers.

— Oui, naturellement. Merci de…

Sans laisser à son père le temps de finir sa phrase, Justin agrippa la bride de Cannelle.

— Tu te prends pour qui! Nous avons le droit de passer là où on veut! ricana-t-il.

— Justin! Je t'en prie! gronda M. Fosset.

Ignorant son père, Justin tira d'un coup sec

sur les rênes. La ponette coucha ses oreilles en
arrière et recula d'un pas.

Un miaulement indigné s'échappa du gilet
de Zoé. Des étincelles fusèrent dans la fourrure
de Flamme et ses moustaches crépitèrent. Zoé
sentit un picotement familier lui parcourir le
dos «Tu l'auras cherché, Justin Fosset», songea-
t-elle.

Le garçon écarquilla les yeux de douleur.

— Aïe! Ça brûle! hurla-t-il en secouant la
main.

Il se retrouva alors projeté en arrière et atterrit
durement sur les fesses.

— Bravo, Flamme! chuchota Zoé.

Thomas et Mathilde la rejoignirent au même
moment, hilares.

— Tu me paieras ça, vociféra Justin, rouge
comme une tomate, en frottant ses doigts
endoloris.

M. Fosset l'attrapa par le col et le remit sans ménagement sur ses pieds.

— Ça suffit, Justin! Aide-moi à rassembler les chiens! Et nous aurons une petite conversation, tous les deux! Quant à vous, jeune demoiselle, ajouta-t-il en se tournant vers Zoé, je vous présente toutes mes excuses pour mon vaurien de fils. Ne vous inquiétez pas, il ne perd rien pour attendre !

Thomas, Mathilde et Zoé regardèrent M. Fosset et Justin réunir la meute puis repartir à travers champs, dans la direction opposée.

— Je sens que le père de Justin va lui passer un savon, dit Thomas.

— Bien fait pour lui, grommela Zoé. Peut-être qu'à l'avenir il y réfléchira à deux fois avant d'agresser quelqu'un.

Mathilde haussa les épaules.

— N'y compte pas. Il est plutôt du genre à vouloir se venger.

— Qu'il essaie ! gronda Zoé. Il ne me fait pas peur.

« Du moins, pas tant que j'aurai Flamme avec moi » ajouta-t-elle intérieurement.

8

La maman de Zoé appela deux jours plus tard pour annoncer qu'elle aurait bientôt terminé son livre.

— Je serai là pour le week-end, précisa-t-elle à Zoé.

— Génial ! Tu pourras assister à ma course d'obstacles, alors !

— Mamie m'a dit que tu avais fait la connaissance des jumeaux d'à côté. Et que tu t'amusais comme une folle avec eux et leurs poneys. Je ne reconnais plus ma petite boudeuse !

— Je ne vois pas de qui tu veux parler, rétorqua Zoé, moqueuse. En tout cas, je suis contente que tu aies fini ton travail. À bientôt, maman. Je t'embrasse.

Dès qu'elle eut raccroché, Zoé partit à la recherche de Flamme.

Il faisait la sieste, roulé en boule sur une chaise de la cuisine.

— Réveille-toi, paresseux, chuchota-t-elle doucement en le caressant. C'est l'heure d'aller retrouver Thomas et Mathilde à l'ancienne serre.

Flamme bâilla en découvrant ses dents pointues. Puis il sauta par terre avec un miaulement de joie.

Zoé adorait la tombée du jour. Dans la lumière déclinante, tout semblait plus frais, plus éclatant. Elle s'engagea sur le chemin qui passait le long du poulailler et éclata de rire en voyant Flamme sauter après un papillon. Elle oubliait parfois que c'était un lion de sang royal.

Elle aperçut soudain devant elle une poule qui grattait la terre. Puis une autre, un peu plus loin.

Zoé s'arrêta net. Elle était sûre que sa grand-mère avait bien enfermé ses poules naines pour la nuit. Elle avait même redoublé de prudence depuis que Fougère et ses petits venaient dans son jardin.

Le coq surgit du verger et s'élança vers elle d'un air menaçant, sa crête rouge hérissée, ses plumes ébouriffées.

— Que se passe-t-il? murmura Zoé, de plus en plus inquiète.

Elle remarqua alors que la porte du poulailler était grande ouverte. Quelqu'un avait lâché les poules délibérément!

Zoé entendit un bruit derrière elle. Elle se retourna d'un bond. Elle eut juste le temps de distinguer une ombre et crut reconnaître Justin Fosset avant qu'il escalade le mur. Inutile de se lancer à sa poursuite, elle devait avant tout mettre les poules à l'abri.

— Vite, il faut les rentrer avant l'arrivée de Fougère! dit-elle à Flamme. Aucune renarde.

surtout avec des petits, ne pourra résister à un gibier aussi facile.

Mais la première poule qu'elle voulut attraper s'envola par-dessus un buisson en poussant des caquètements scandalisés. La suivante l'évita sans mal. Fiérot lui jeta un œil mauvais qui semblait dire : « Ce n'est même pas la peine d'essayer ! »

— Qu'est-ce que je vais faire ? Ce n'est pas comme ça que je vais les attraper.

— N'aie crainte, ronronna Flamme. Je vais t'aider.

Les grosses étincelles qui jaillirent de sa fourrure et le crépitement qui parcourut ses moustaches illuminèrent le jardin. Zoé sentit un picotement lui chatouiller le dos. Qu'allait-il se passer ?

Flamme pointa sa petite patte vers un râteau appuyé contre le mur de la serre. Un nuage de paillettes en jaillit. Zoé entendit comme le bruit

d'un bouchon qui saute et le râteau se transforma en une grande épuisette.

— Génial! jubila-t-elle en l'empoignant.

Elle courut vers un arbre dans lequel s'étaient
réfugiées deux poules. Hop! Elle les captura
d'un seul coup de filet, puis fila les remettre
dans le poulailler avant de répéter la manœuvre.
Quand elle enferma la dernière, elle était en
sueur et hors d'haleine

— Ouf! soupira-t-elle. Il ne me reste plus
qu'à attraper ce fichu coq. Mais où est-il passé?

Flamme regarda autour de lui, les oreilles
dressées.

— Aucune idée!

À peine finissait-il sa phrase que, dans un cri
perçant, Fiérot s'abattait sur lui du haut d'un
pommier, le bec claquant et les ergots sortis.

Flamme se ratatina, désarmé devant cette
attaque subite. Et Zoé n'avait pas assez de recul
pour capturer le coq. Sans réfléchir, elle lâcha

l'épuisette et attrapa le volatile à pleines mains, décidée coûte que coûte à l'empêcher de blesser Flamme!

Fiérot gloussa de rage et se débattit de toutes ses forces.

— Aïe! gémit Zoé en sentant ses ergots lui lacérer la poitrine.

Malgré la douleur, elle ne lâcha pas prise et se précipita vers l'enclos en titubant, ouvrit la porte avec son coude, jeta le coq à l'intérieur et referma le poulailler à double tour.

Elle se laissa tomber dans l'herbe. Le devant de son tee-shirt était en lambeaux. Et ses profondes griffures la faisaient terriblement souffrir.

— Merci, Zoé, tu m'as sauvé la vie, murmura le chaton. Mais tu es blessée! miaula-t-il en voyant qu'elle saignait.

— Ce n'est pas grave! Et ça en valait la peine, répondit bravement Zoé en se mordant la lèvre.

Ses yeux se remplirent de larmes et, l'espace d'un instant, elle crut qu'elle allait s'évanouir.

Une fois de plus la fourrure tricolore de Flamme se couvrit d'étincelles. Il se pencha pour souffler délicatement sur Zoé une légère brume irisée.

Zoé retint sa respiration tandis qu'une douce chaleur l'enveloppait. Ses griffures la picotèrent quelques secondes puis, soudain, la douleur s'estompa. Zoé tâta son tee-shirt. Même les déchirures avaient disparu.

— Merci, Flamme, s'écria-t-elle en le serrant dans ses bras. Je ne sais pas ce que j'aurais fait s'il t'était arrivé malheur.

Le chaton frotta sa tête contre son menton en ronronnant. Alors qu'elle le caressait, les dernières étincelles lui chatouillèrent les doigts avant de s'éteindre.

— Qu'est-ce que vous faites ? lança gaiement une voix derrière elle.

Elle se retourna. Thomas et Mathilde s'approchaient avec un sac rempli de restes pour Fougère et ses petits.

Elle se releva d'un bond et courut vers eux en serrant Flamme contre elle.

Elle leur raconta qu'elle avait trouvé les poules en liberté dans le jardin et qu'elle avait vu un garçon escalader le mur.

— Ça ne pouvait être que Justin Fosset, explosa Mathilde. Quel crétin!

— Je n'ai aucune preuve contre lui, fit remarquer Zoé.

— Peut-être. Mais qui d'autre veux-tu que ce soit? demanda Thomas.

Zoé haussa les épaules.

— En tout cas, heureusement que Flamme m'a aidée… euh… je veux dire… heureusement que j'ai réussi à récupérer toutes les poules. Du coup, sa vengeance tombe à l'eau.

— N'empêche qu'on devrait quand même téléphoner à son père, s'écria Mathilde. Et tant pis si je passe pour une cafteuse!

— Il prétendra que ce n'était pas lui, comme il a nié avoir effrayé Cannelle, soupira Zoé. Ce sera sa parole contre la nôtre.

Les jumeaux échangèrent un regard découragé. Zoé avait raison.

Plus personne n'avait envie de parler. Seule l'apparition de Fougère suivie de ses deux renardeaux, quelques minutes plus tard, réussit à leur faire oublier l'insupportable Justin Fosset.

9

— Dire que c'est demain la fête du village !
Je n'en reviens pas ! déclara Zoé à sa grand-mère
au déjeuner.

Jeannine Meunier sourit et lui tendit une
assiette de salade et de jambon.

— C'est excitant, n'est-ce pas ? Ta mère arrivera tôt pour ne pas rater ton concours. Quant
à moi, je pense avoir une bonne chance de remporter le premier prix pour mes poules naines,
cette année.

Le repas terminé, Zoé et Flamme se rendirent chez les jumeaux. Après l'entraînement, ils laissèrent les poneys se détendre dans le pré.

Zoé suivit Thomas et Mathilde à la sellerie. Ils astiquèrent les harnachements jusqu'à en avoir les bras douloureux. Tout devait briller pour le spectacle du lendemain.

Flamme se coucha en boule sur le vieux buffet en bois où l'on rangeait les brosses et les tapis de selle. Zoé remarqua que le chaton jetait des regards inquiets autour de lui. Il se dressa même une fois d'un bond, l'œil hagard, les poils hérissés. Que se passait-il?

Le chaton insista pour faire le court trajet de retour jusque chez sa grand-mère au fond de son sac.

Zoé glissa sa main à l'intérieur pour le caresser. Il tremblait comme une feuille.

— Qu'est-ce qui ne va pas? s'inquiéta-t-elle.

— Mes ennemis se rapprochent. Je les sens. Je vais peut-être devoir partir très vite, murmura-t-il d'une petite voix.

— Oh, non! gémit Zoé, le cœur serré.

Elle avait espéré que ce jour n'arriverait jamais. Et voilà que Flamme risquait de disparaître d'une seconde à l'autre. Comment pourrait-elle vivre sans lui?

Ce fut une triste soirée. Zoé se désespérait de voir Flamme si terrifié. Elle ne savait que faire pour le rassurer, à part le caresser. Mais il préféra dormir caché au fond de son placard et Zoé mit très longtemps à trouver le sommeil.

Le lendemain matin, pourtant, Zoé fut réveillée par une petite tête duveteuse qui se frottait contre sa joue. Flamme avait sauté sur son lit, ses yeux d'émeraude brillaient et il semblait avoir retrouvé son entrain.

— Oh, Flamme, tu es toujours là! s'écriat-elle en l'étreignant, encore tout ensommeillée.

— Mes ennemis ne sont pas passés bien loin mais ils ne m'ont pas trouvé. Je peux encore rester, ronronna-t-il en se pelotonnant contre elle.

— Que je suis contente! s'exclama Zoé, soulagée.

Elle espérait bien qu'ils ne reviendraient jamais.

— Zoé! Tu es réveillée? appela une voix familière dans l'escalier.

— Maman!

Zoé bondit de son lit, enfila son jean en sautillant d'un pied sur l'autre et brossa rapidement ses cheveux courts.

— Viens, Flamme! cria-t-elle en dévalant les marches.

Elle se jeta au cou de sa mère et lui fit un énorme câlin.

— Toi aussi, tu m'as manqué, dit celle-ci en lui rendant ses baisers. Oh, mais voilà le chaton dont j'ai tant entendu parler! ajouta-t-elle en se penchant pour le caresser. Bonjour, jeune homme!

Flamme la salua d'un miaulement et se frotta contre ses chevilles.

— Mon petit doigt me dit que nous allons le ramener à la maison!

— Absolument! opina Zoé, dont c'était le
vœu le plus cher.

Flamme suivit Zoé et sa mère dans la cuisine où sa grand-mère avait préparé le petit-
déjeuner. Quand elles eurent terminé, l'heure
était venue de se préparer pour la fête du
village.

— Qui veut m'aider à baigner les poules?
demanda Jeannine en nouant un foulard autour
de ses cheveux.

La mère de Zoé fit une grimace.

— Ce n'est pas le genre de proposition qu'on
entend tous les jours.

— Allez, maman, ne fais pas ta poule mouil-
lée, gloussa Zoé. J'aimerais bien vous donner un
coup de main mais je dois aller m'occuper des
poneys avec Thomas et Mathilde.

Il était prévu qu'elle se rendrait à la fête avec
eux, dans le van de leurs parents.

— File, ma chérie, nous te retrouverons là-bas.

Flamme trottina sur les talons de Zoé tandis qu'elle remontait l'allée des Chênes. Ni l'un ni l'autre ne remarquèrent les grandes ombres qui rôdaient dans le verger.

— Il n'est pas loin. Nous allons l'avoir ! gronda une voix cruelle.

— Ébène nous récompensera largement, lança une autre avec hargne.

Zoé trépignait d'impatience lorsque le van des Forestier pénétra sur le champ de foire. Flamme, la tête hors du sac posé sur les genoux de la fillette, inspecta les lieux avec attention.

— Oh! la la! C'est beaucoup plus grand que je ne m'y attendais! s'exclama Zoé en se dévissant le cou pour observer les tentes et les stands d'exposition dressés autour des différents enclos.

— J'ai l'estomac qui gargouille, gémit Mathilde.

— Tu as de la chance. Moi, il fait carrément des nœuds! répliqua Thomas.

M. Forestier gara le camion sur le parking des poids lourds et Zoé aida les jumeaux à faire descendre les poneys sur la rampe. Flamme s'assit devant Cannelle tandis que Zoé la pansait et la sellait.

Quand les poneys furent prêts, Thomas, Mathilde et Zoé enfilèrent leurs tenues assorties : chemise blanche, culotte noire, bottes et bombe.

— Nous avons encore une heure avant l'épreuve. Qu'est-ce qu'on fait ? demanda Thomas.

— Si on allait voir comment ma mère et ma grand-mère s'en sortent avec leurs poules ? suggéra Zoé.

Elle ouvrit son sac pour que Flamme saute à l'intérieur. Puis les trois amis se dirigèrent vers les stands. Alors qu'ils arrivaient au chapiteau réservé aux volailles, un garçon en tenue d'équitation en sortit.

C'était Justin Fosset.

— Tiens, voilà encore la peste ! ricana-t-il en apercevant Zoé. Figure-toi que ta grand-mère vient de remporter le premier prix. Ça m'a étonné qu'il lui reste encore des poules. La renarde ne les a pas toutes mangées ?

— Alors c'est bien toi qui les as lâchées l'autre soir! s'écria Zoé en serrant les poings. Comment as-tu pu faire une chose aussi cruelle? Tu mériterais que je te dénonce à ton père.

— Encore faudrait-il que tu aies des preuves! la défia-t-il avant de s'éloigner en sifflotant.

Zoé, furieuse, le suivit du regard.

— Allons, la calmèrent Thomas et Mathilde en la prenant chacun par un bras. Ne t'occupe pas de lui. Il n'en vaut pas la peine. Papa dit que les gens finissent toujours par recevoir la leçon qu'ils méritent.

— Parfaitement, renchérit Mathilde. Si nous allions plutôt féliciter la gagnante?

— D'accord.

Zoé glissa la main dans son sac. Dès qu'elle sentit la douce fourrure de Flamme sous ses doigts, elle oublia sa colère.

La mère et la grand-mère de Zoé accueillirent les trois enfants avec de grands sourires. Une rosette multicolore était accrochée à la cage de Fiérot.

— Bravo, mamie! s'écria Zoé en l'embrassant. Tu ne trouves pas ça génial, maman?

— Si, c'est merveilleux. Moi aussi, je suis très fière de ta grand-mère. Et j'ai hâte de te voir à l'œuvre. Quand a lieu ton concours?

— Dans une demi-heure.

— En attendant, que diriez-vous d'aller vous acheter une glace? demanda-t-elle en fourrant un billet dans la main de Zoé.

— Merci, maman! lança Zoé avant de courir vers le marchand de glaces.

Les trois amis dégustèrent leurs cornets en se rendant au terrain où était installé le parcours d'obstacles. Flamme avait ressorti la tête de son sac pour ne rien rater. Zoé lui donna de la glace à la vanille sur le bout de son doigt et rit en sentant sa petite langue râpeuse la chatouiller. Elle aperçut soudain un cavalier qui s'engageait sur le parcours. Le concours commençait!

— Regardez! C'est Justin! Allons vite le voir.

Appuyés à la clôture, ils le suivirent attentivement des yeux tandis qu'il franchissait les obstacles. Zoé posa son sac à ses pieds afin que Flamme puisse se dégourdir les pattes.

Le poney franchit les premières barres sans encombre, mais Justin fit brusquement tourner sa monture.

— Il n'aurait pas dû faire ça! Son poney n'aura jamais assez d'élan pour prendre le prochain obstacle de biais! s'exclama Thomas alors que Justin attaquait la rivière. Et il risque de refuser de sauter.

En effet, le poney coucha les oreilles en arrière et marqua une seconde d'hésitation.

— Vas-y! hurla Justin en lui assenant une grande claque sur la croupe.

L'animal hennit et pila net. Brutalement projeté en avant, Justin bascula la tête la première dans l'eau. Il se releva dégoulinant de boue.

— Oh, pas de chance! s'esclaffa Zoé.

Les jumeaux riaient à gorge déployée.

— Ça tombe à pic! gloussa Mathilde.

Justin les fusilla du regard. Il ouvrit la bouche mais, voyant que tout le monde l'observait, il préféra la refermer sans rien dire. La mine penaude et les joues cramoisies, il contourna l'obstacle pour reprendre les rênes de son poney et le ramener au paddock.

Satisfaite, Zoé se pencha pour ramasser son sac, se demandant si Flamme y était pour quelque chose.

— Dis donc, tu n'aurais pas...

Mais elle s'arrêta en plein milieu de sa phrase. Le sac était vide. Elle regarda autour d'elle. Aucun signe du chaton tricolore. Bizarre ! Il ne s'éloignait jamais sans la prévenir.

En proie à un affreux pressentiment, elle se précipita vers le chapiteau voisin. Tandis qu'elle longeait la tente, un éclair l'aveugla. Elle se frotta les yeux et vit Flamme qui s'était transformé en lion majestueux. Des étincelles d'argent parsemaient son épaisse fourrure blanche et un vieux lion gris se tenait près de lui.

— Je suis désolé. Ils sont revenus, annonça-t-il tristement d'une voix de velours

C'est alors qu'elle comprit qu'il devait partir. Si fort qu'elle tînt à lui, elle ne pouvait l'exposer à un pareil danger. Elle courut vers lui et passa les bras autour de son cou musclé. Puis elle se força à reculer.

— Fais attention à toi ! Tu seras toujours dans mes pensées ! sanglota-t-elle. Pars vite ! Protège-toi !

— Tu as été une véritable amie. Porte-toi bien, Zoé.

Le lion gris inclina la tête. Un nouvel éclair fendit l'air, une pluie d'étincelles s'abattit dans l'herbe autour des pieds de Zoé, tandis que Flamme et le vieux lion disparaissaient.

Zoé resta pétrifiée, la gorge nouée.

— Ah, te voilà ! s'écria Mathilde derrière elle. Viens vite ! C'est bientôt notre tour !

Zoé essuya une larme. Jamais elle n'oublierait

l'aventure qu'elle avait partagée avec le chaton magique. Certes, elle ne pourrait jamais révéler son secret à quiconque, mais elle le garderait toujours précieusement au fond de son cœur.

Elle se retourna vers Mathilde et sentit sa tristesse disparaître en pensant au concours.

— J'arrive !

Les chatons magiques

Livre 1

Une jolie surprise

Flamme doit trouver une nouvelle amie !

Lisa s'ennuie chez sa tante à la campagne. L'arrivée d'un adorable chaton angora roux va redonner des couleurs à son été...

Les chatons magiques

Livre 2

Une aide bien précieuse

Flamme doit trouver une nouvelle amie !

Soudain la solitude de Camille, au pensionnat, se trouve illuminée par l'apparition d'un adorable chaton angora, noir et blanc, doté de pouvoirs magiques...

Les chatons magiques

Livre 3

Entre chats

Flamme doit trouver une nouvelle amie!

Les rêves de Julie deviennent réalité: un chaton, angora, beige et brun, débarque dans sa vie…

Les chatons magiques

Livre 4

Chamailleries

Flamme doit trouver une nouvelle amie !

Jade a bien du mal à supporter son affreuse cousine, quand un chaton tigré gris l'adopte...

les chatons magiques

Livre 5

En danger

Flamme doit trouver une nouvelle amie !

Perrine est triste : elle doit aider ses parents à s'occuper d'une pension pour chats, et quitter toutes ses amies !

Les chatons magiques

Dans la même collection

POCKET
jeunesse

Cet ouvrage a été imprimé en France par

à Saint-Amand-Montrond (Cher)
en mai 2010

Cet ouvrage a été composé par
PCA - 44400 REZÉ

     12, avenue d'Italie
75627 PARIS Cedex 13

— N° d'imp. 101088/1. —
Dépôt légal : février 2009.
Suite du premier tirage : mai 2010.